Coordinador de la colección: Daniel Goldin
Diseño: Joaquín Sierra, sobre una maqueta
original de Juan Arroyo
Diseño de portada: Joaquín Sierra

A la orilla del viento...

*Para mi ahijada de Suecia
Birgitta Karlsson
y para Edith*

Primera edición en inglés: 1991
Primera edición en español: 1995
 Tercera reimpresión: 1997

Título original:
Snakes Alive

© 1991, Hazel Townson (texto)
© 1991, Tony Ross (ilustraciones)
Publicado por Andersen Press Limited, Londres
ISBN 0-86264-350-3

D.R. © 1995, Fondo de Cultura Económica
Av. Picacho Ajusco 227, México, 14200, D.F.

Se prohíbe la reproducción parcial o total de esta obra —por cualquier medio— sin la anuencia por escrito del titular de los derechos correspondientes.

ISBN 968-16-4693-2

Impreso en México

HAZEL TOWNSON

ilustraciones de
Tony Ross

traducción de
Joaquín Diez-Canedo F.

oras
VIVAS

Fondo de Cultura
Económica

1. El secreto de la lata de galletas agujerada

❖ LOS PADRES de Bertín Bracho querían que, de grande, su hijo fuera neurocirujano.

Pero Bertín tenía otros planes.

¡¿Por qué no mejor encantador de serpientes?!

Se imaginaba entrenando víboras para que se enredaran en nudos culebreantes

o enseñándolas a bailar la Rumba del Cascabel,

o la Samba de la Mamba.

Para su cumpleaños, sus padres le regalaron un libro titulado *Tu cerebro, esa maravilla*,

pero Bertín lo vendió a mitad de precio a
Sabihondo Pestaña, el genio de la escuela,

y se fue corriendo a la tienda de mascotas a comprar una víbora pinta. Y, ¡tenía que ser!, escogió precisamente a la única víbora mágica que había en la tienda.

El mago Mencos había extraviado esa víbora de camino a un embrujamiento (¿o debería decir enmagamiento?)

y el dueño de la tienda de mascotas, que era un bribón, se la había echado a la bolsa y la había llevado a su tienda.

Bertín le echó un vistazo a aquella víbora. Quedó encantado. Fue amor a primera vista.

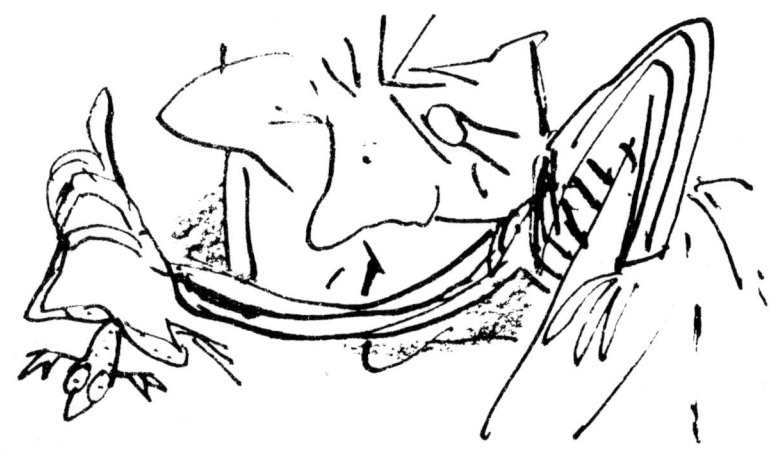

—Voy a llamarte Pingo —le dijo.

Hizo unos cuantos agujeros en la tapa de una lata de galletas, puso dentro a Pingo y la escondió debajo de su cama, sin olvidarse de alimentarla con las cosas adecuadas, aunque fueran repugnantes.

Así pues, sólo faltaba conseguir el ejemplar del *Manual del encantador de serpientes* que había en la biblioteca, para que Bertín pudiera empezar su gran carrera. Eso si en el capítulo dos no ocurre algún lamentable accidente. ❖

2. Un lamentable accidente

❖ ESE DÍA le tocaba al señor Bracho limpiar el cuarto de Bertín.
   (La señora Bracho creía firmemente en la liberación femenina y, además, era día de su cumpleaños.)

Así que el señor Bracho cargó con la Koblenz escaleras arriba y abrió la puerta de la recámara de Bertín.

¡El caos!
 Botas sobre el cubrecama, revistas tiradas en la alfombra, timbres postales de otros países, y bloques de Lego y piezas de rompecabezas

regados por todas partes, para no mencionar las montañas de libros, discos de grupos de moda y juegos de computadora.

El señor Bracho apretó los dientes, cerró los ojos y soltó la Koblenz.

(¿Has visto una Koblenz suelta? Parece una fiera de verdad.)

La Koblenz juntó todo en un montón. Luego devoró los timbres postales, los bloques de Lego y las piezas de rompecabezas como si no hubiera comido en semanas. (¿Y cómo podía haber comido si apenas ahora la dejaban suelta?) Para terminar, arrasó con las cosas más grandes que estaban debajo de la cama.

¡Ése fue el problema!
¡Pum! ¡Cuas!
La lata de galletas de Pingo golpeó contra el muro, la tapa voló y Pingo se escurrió fuera.

¿Clavará Pingo sus colmillos en el tobillo del señor Bracho en el capítulo tres? ❖

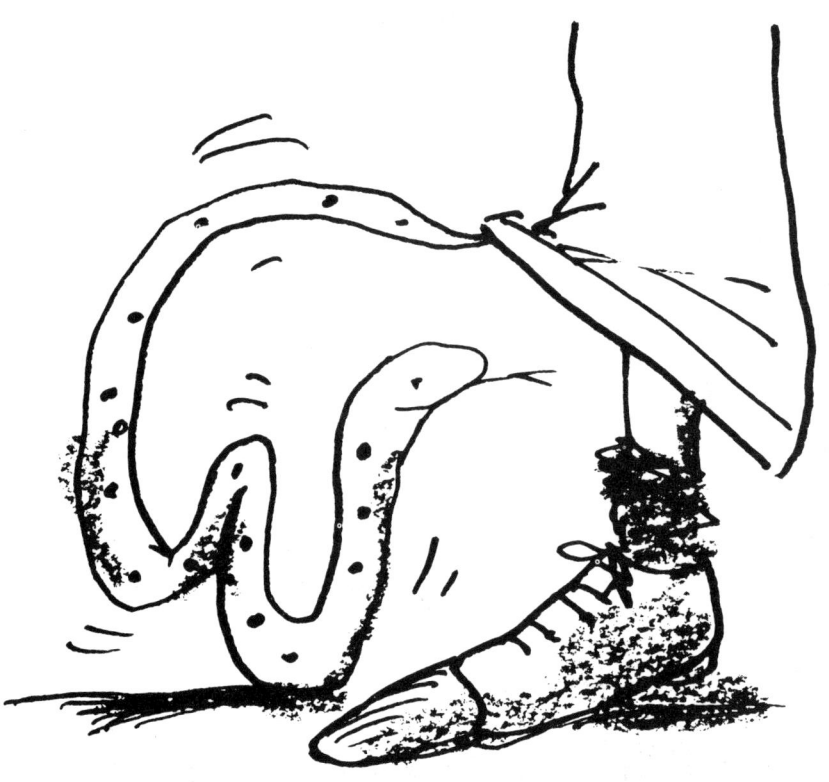

3. Siesta mortal

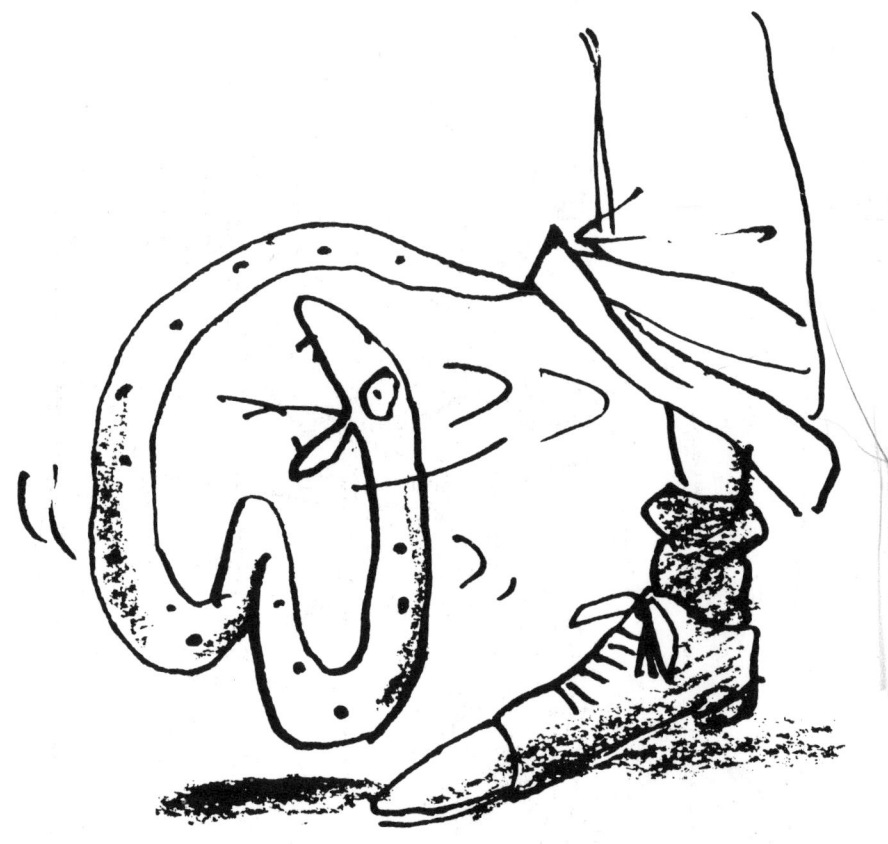

❖ CUANDO Pingo estaba a punto de clavar sus colmillos en el tobillo del señor Bracho, alguien llamó a la puerta.

El señor Bracho aventó el plumero y bajó corriendo las escaleras.

De pie frente a la puerta estaba la tía abuela Alicia con un hermosísimo bolso de piel de víbora y un gran baúl metálico de viaje.

—Hay una fuga de agua en mi baño —anunció la tía abuela Alicia—. El agua baja en cascada por las escaleras y se cuela por el techo, así que decidí venir a quedarme con ustedes hasta que me haya secado completamente.

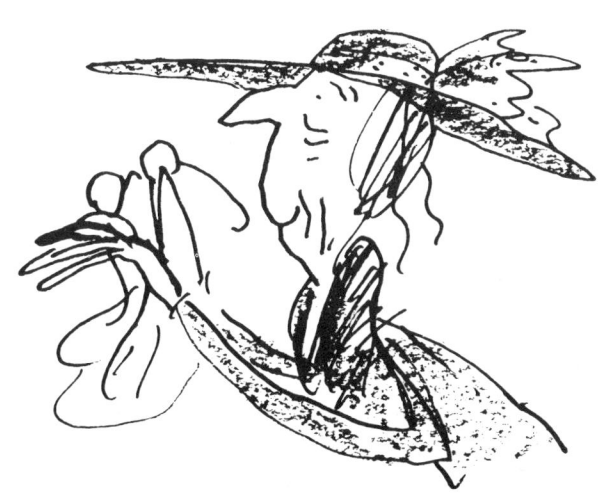

—Pero si usted... —farfulló el señor Bracho.
Se hizo bolas; había estado a punto de meter la pata. Habría sido un error costosísimo, porque la tía abuela Alicia era tan rica que hasta sus carteras tenían carteras.

Qué tal si uno de estos días dejaba a Bertín todo su dinero, lo cual vendría de perlas para que se estableciera como neurocirujano, con todo y consultorio en la calle Harley,

y un quirófano con salas de recuperación.

—¡Pase usted! —gritó el señor Bracho, abrazando por la cintura el gran baúl metálico.

—Puede quedarse en la habitación de Bertín; acabo de cambiar las sábanas.

—¿Y qué te dieron a cambio por las sábanas? —preguntó la tía abuela Alicia, que era tan seca como la champaña y diez veces más extravagante.

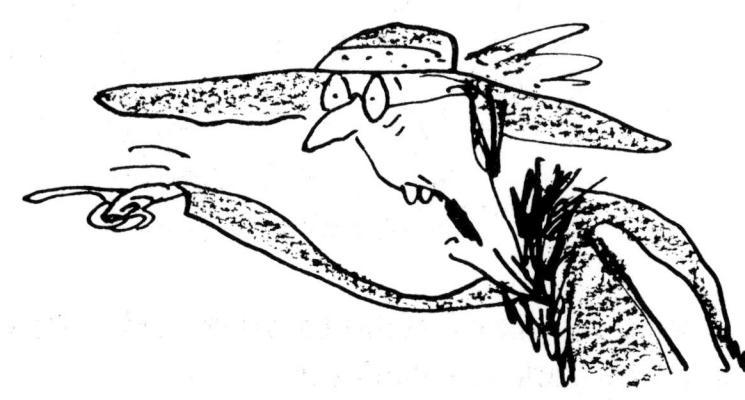

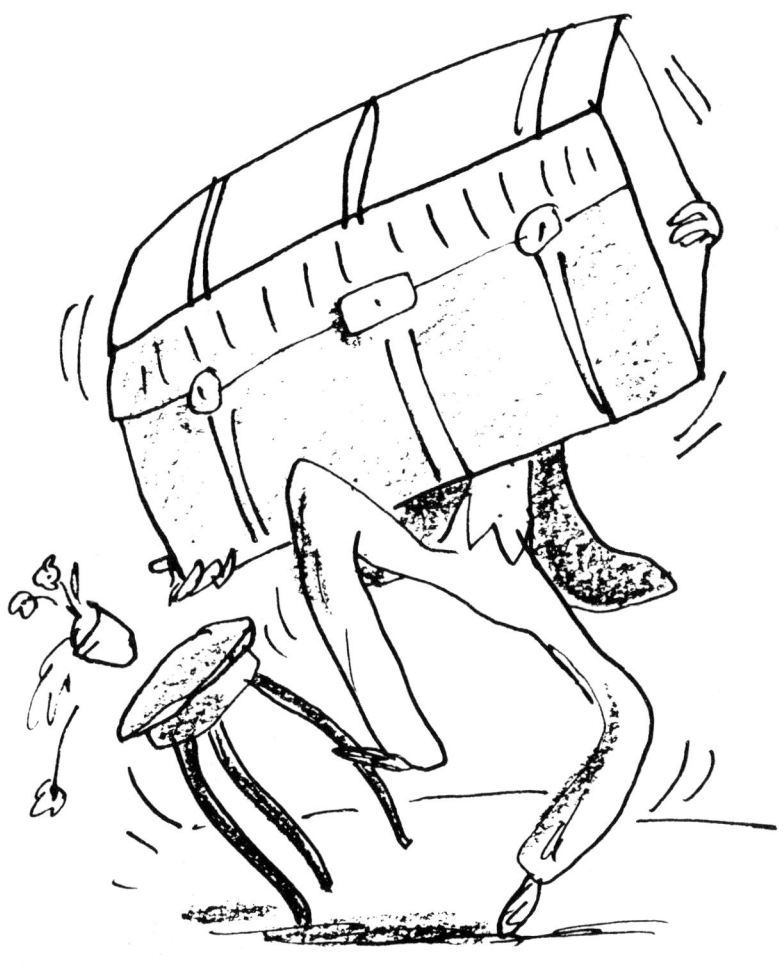

Pero el señor Bracho batallaba exhausto con el baúl y no pudo responderle.

Mientras tanto, Pingo se deslizaba bajo el cubrecama y entre las sábanas frescas y limpias de Bertín para tomar una siesta.

—Voy a descansar un poco —dijo la tía abuela Alicia cuando por fin llegaron a la recámara de Bertín—. He tenido un día muy pesado.

—Pesado este baúl —masculló el señor Bracho, cobrándose un pequeño desquite.

Dejó caer el gran baúl metálico de viaje en la alfombra, a los pies de la cama de Bertín. La tía abuela Alicia se quitó el sombrero y el abrigo.

—Cuando me levante, me traes una taza de té —ordenó la señora.

Pero si en el capítulo cuatro ella se mete en esa cama, quizá nunca vuelva a despertar, y mucho menos a beber una taza de té. ❖

4. El mago hace su aparición

❖ Antes de acostarse a dormir la siesta, la tía abuela Alicia fue al baño por un vaso con agua para su dentadura postiza (que tenía siempre sed).

Mientras tanto, un visitante invisible apareció en la recámara de Bertín. Era el mago Mencos, que desde un principio supo que Pingo se había extraviado, pero apenas ahora tenía tiempo de tomar cartas en el asunto.

(Había estado ocupado en transformar a una maestra de corazón de piedra en una caja de chocolates, todos con relleno blando, y sólo cuando la señora Remolina estuvo primorosamente acomodada en el aparador de la tienda de chocolates, el mago Mencos pudo seguirle la pista a Pingo, para lo cual se vistió, por supuesto, con su traje mágico de pista.)

Primero peinó los setos. (Siendo calvo como un plátano, no tenía otra cosa en qué emplear su peine.)

Luego revisó la chatarra de una vieja barca.

Y entonces salió volando por encima de la antigua vía del ferrocarril.

Sobrevoló dentro de la tienda de mascotas

y volando cruzó la puerta principal de los Bracho y subió las escaleras hasta la recámara de Bertín.

Lo primero que vio al entrar en la recámara fue el hermoso bolso de piel de víbora de la tía abuela Alicia. Y entonces… equivocó su deducción y lo volvió a la vida, y todo lo que había dentro del bolso quedó regado por el suelo.

Esta segunda víbora, esta constrictor reconstruida, se deslizó prudentemente bajo la cama.

El mago Mencos estaba a punto de cogerla y anudarla en una preciosa y perfecta boa, para guardarla en su bolsillo invisible, cuando la tía abuela Alicia regresó del baño.

—¡Auxilio! ¡Me han robado! —chilló mientras recogía sus tarjetas de crédito y los esposos Bracho llegaban corriendo.

Esto provocará pánico y malos entendidos en el capítulo cinco. ❖

5. Pánico y malos entendidos

❖ —¡QUE NO cunda el pánico! —gritó la señora Bracho—. Supongo que el bolso se cayó, desparramó su contenido y luego rodó bajo la cama. Casi siempre hay una explicación sencilla para los acontecimientos dramáticos.

Se agachó para asomarse bajo la cama y se topó con el reptil animado del mago Mencos. En el acto fue presa de un ataque de histeria.

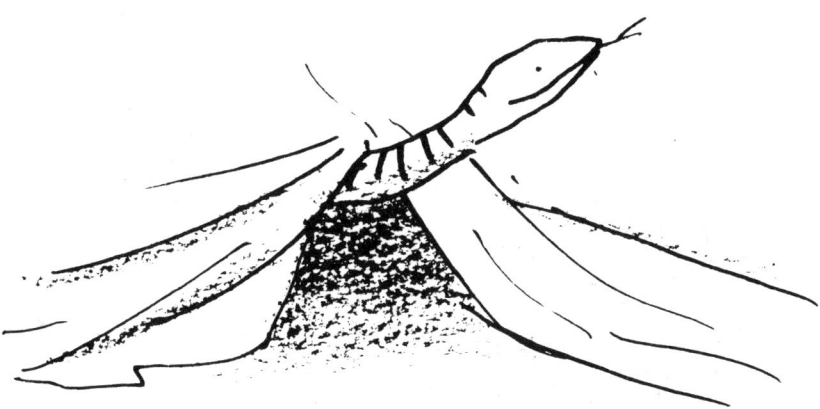

—No entiendo por qué se altera tanto —gruñó la tía abuela Alicia—, ¡si es a mí a quien han robado!

—Han sido demasiadas emociones para un sólo día —dijo el señor Bracho—; con eso de que es su cumpleaños. Será mejor que se recueste un rato.

Apartó el cubrecama de la cama de Bertín... para dejar al descubierto a Pingo, que dormitaba.

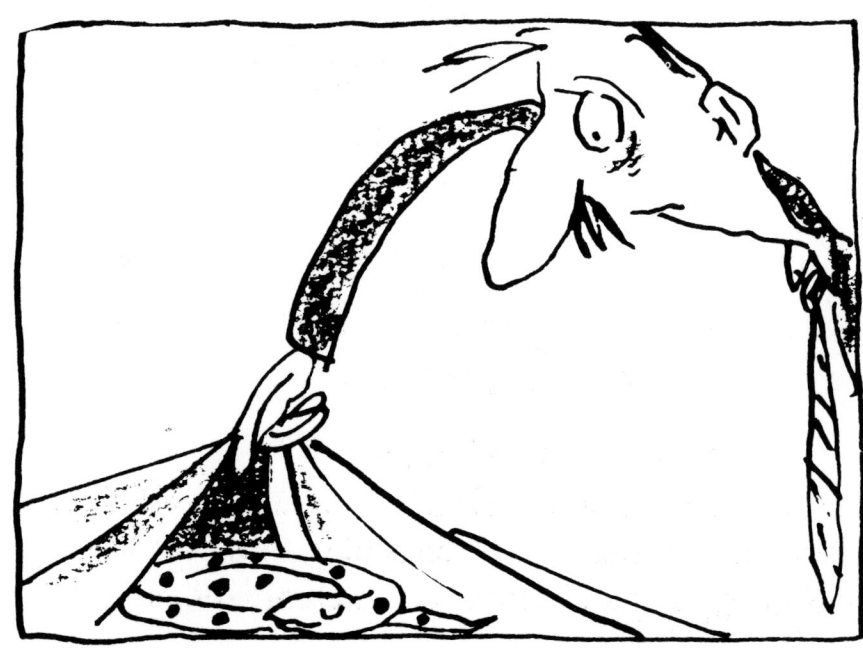

¡Entonces sí cundió el pánico!
En ese momento, Bertín Bracho llegaba de la escuela con una caja de chocolates en la mano, para regalar a su mamá por su cumpleaños.

(Bertín había tenido un día magnífico, ¡por fin!, porque su pesada maestra, la señora Remolina, había faltado a clases y un estudiante blandengue los había dejado pasarse todo el día poniendo en escena la guerra de Troya.)

Cuando escuchó la gresca, Bertín adivinó al instante que su secreto había sido descubierto, y subió de tres en tres los escalones. (¿Que a dónde los subió? No lo sé, pero para lo que sigue no tiene importancia.)

—¡Calma! Todo está bajo control —gritó Bertín, dejando caer los chocolates junto a la puerta y cogiendo a su mascota.

—Es Pingo. Es tan mansa como una servilleta. ¡Miren, ya la enseñé a hacer la "B" de Bertín!

Ahora lector, reflexiona:

1) ¿Crees que la increíble hazaña de Pingo te habría hecho sentir mejor, dadas las circunstancias?

2) ¿Crees que la situación pueda empeorar en el capítulo seis? ❖

6. La situación empeora

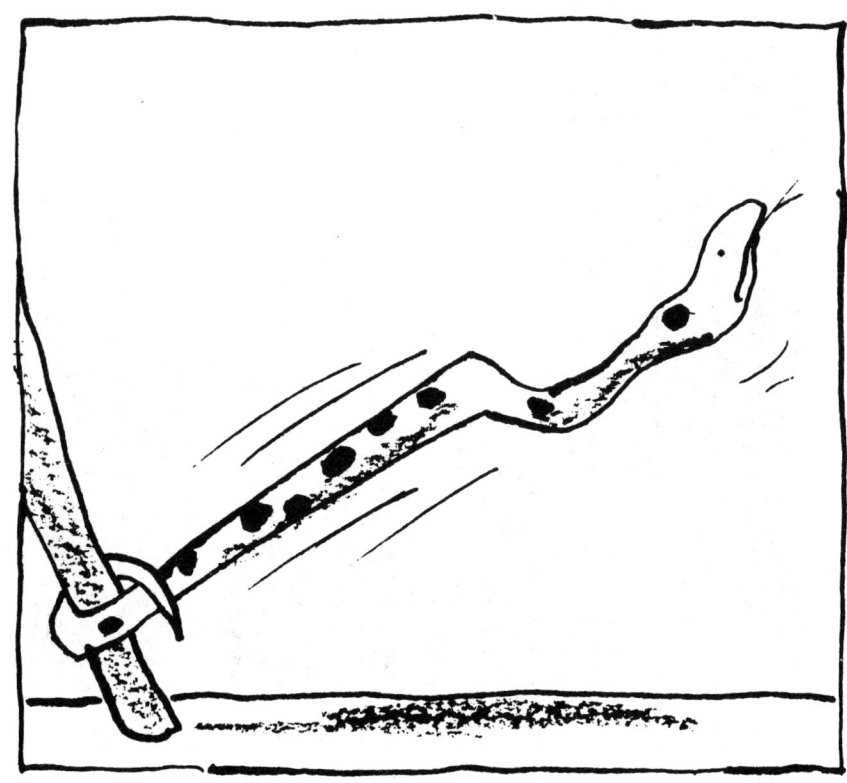

❖ Para entonces, el mago invisible había caído en la cuenta de su error. Trató de llevarse a Pingo, cogiéndola de modo invisible por la mitad, pero Pingo no quería volver con él.

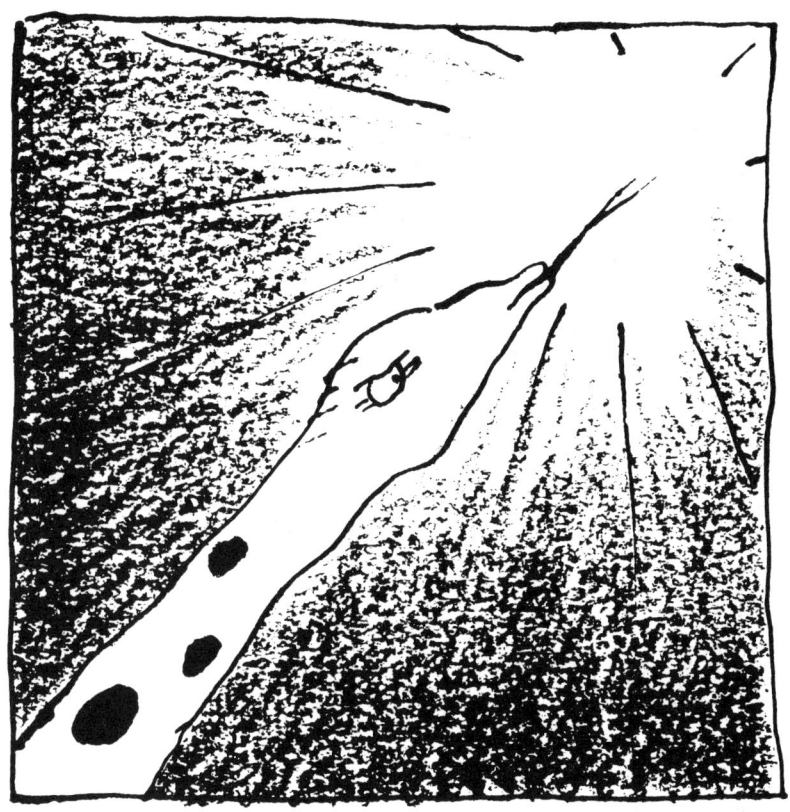

Bertín la había encantado en más de un sentido y, como quiera, Pingo estaba harta de las pócimas pringosas y los brebajes viscosos del mago Mencos. Así que apuntó con su lengua mágica al mago Mencos, quien dejó de existir en ese instante.

Esto deshizo todos sus hechizos.
Primero, el hermosísimo bolso de piel de víbora volvió a ser lo que antes era;

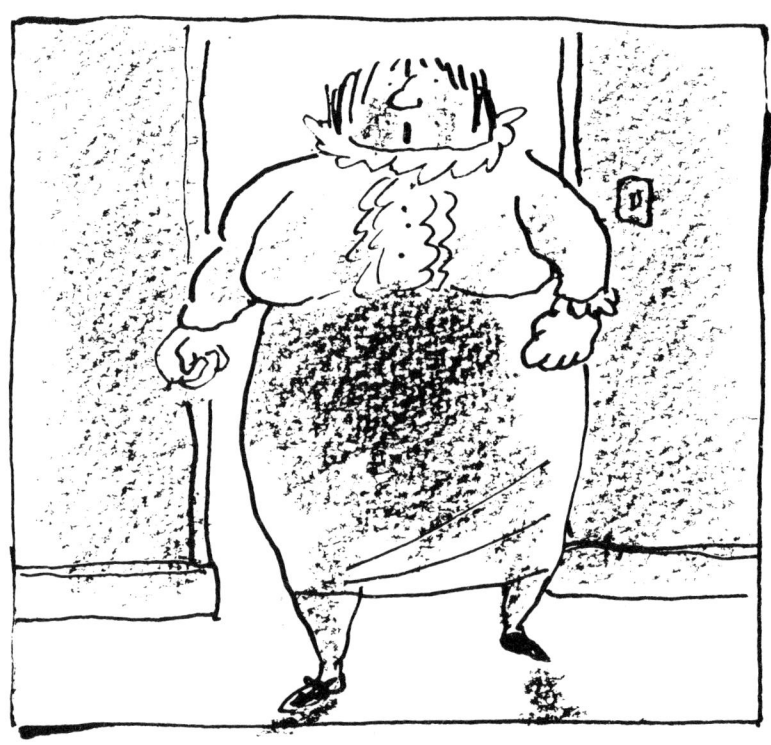

enseguida, se escuchó una voz atronar en la puerta de la recámara:

—¡A ver, a ver! ¡Pongan atención! Sigan con el relajito y les dejo a todos doble tarea.

Era la voz de la maestra de Bertín, la señora Remolina. ¿De dónde habría salido? ¿Cuáles serían sus intenciones?

—Es hora de que ustedes, los padres, se enteren —molió la señora Remolina con implacable regocijo—: su Bertín podría haber tenido madera para convertirse en un neurocirujano de primera... si tan sólo hubiese habido alguna neurona en la familia.

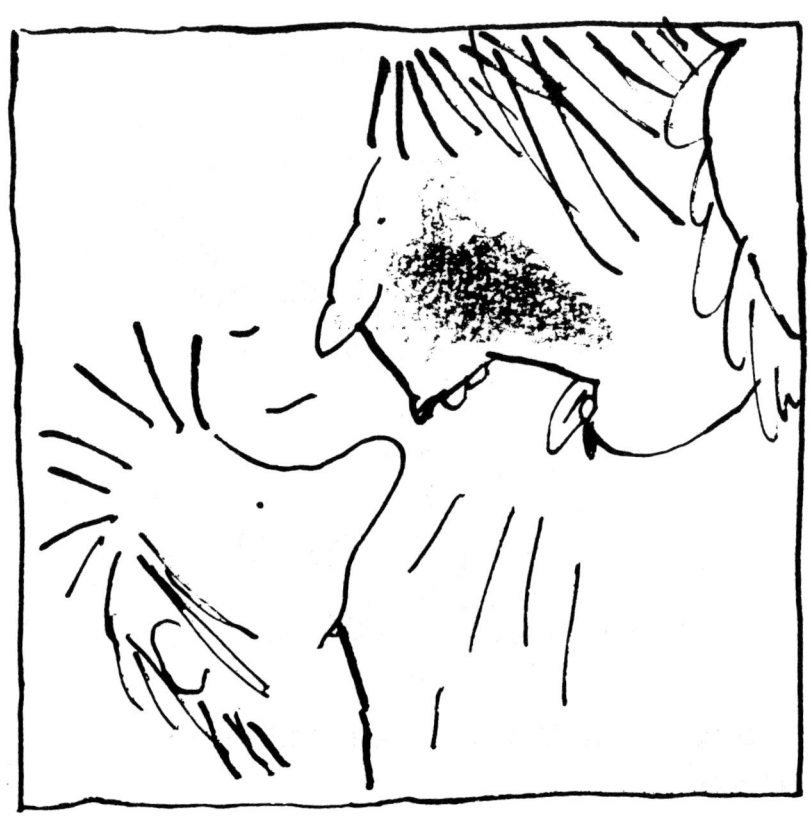

La mamá de Bertín nunca recibió sus chocolates,

y la tía abuela Alicia dejó toda su fortuna a la Sociedad para la Abolición de las Mascotas Domésticas. ❖

Índice

1. El secreto de la lata de galletas agujerada 7
2. Un lamentable accidente 18
3. Siesta mortal 26
4. El mago hace su aparición 39
5. Pánico y malos entendidos 50
6. La situación empeora 58

Este libro se terminó de imprimir y encuadernar en el mes de octubre de 1997 en Impresora y Encuadernadora Progreso, S. A. de C. V. (IEPSA), Calz. de San Lorenzo, 244; 09830 México, D. F. Se tiraron 5 000 ejemplares.

para los que están aprendiendo a leer

El invisible director de orquesta
de Beatriz Doumerc
ilustraciones de Áyax y Mariana Barnes

El Invisible Director de Orquesta estira sus piernas y extiende sus brazos; abre y cierra las manos, las agita suavemente como si fueran alas… Y ahora, sólo falta elegir una batuta apropiada. A ver, a ver… ¡Una vara de sauce llorón, liviana, flexible y perfumada! El director la prueba, golpea levemente su atril minúsculo y transparente… ¡Y comienza el concierto!

Beatriz Doumerc nació en Uruguay. Ha publicado, tanto en España como en América Latina, más de treinta títulos. En la actualidad reside en España.

para los que están aprendiendo a leer

La ovejita negra
de Elizabeth Shaw

—Esa oveja negra no me obedece —**se quejaba Polo, el perro ovejero del pastor**—. ¡Y piensa demasiado! Las ovejas no necesitan pensar. ¡Yo pienso por ellas!
   Una tarde, de pronto, comenzó a nevar; las ovejas estaban solas.
Y, ¿a cuál de ellas se le ocurrió qué hacer para resguardarse del frío durante la noche?
¡A la ovejita negra!

Elizabeth Shaw nació en Irlanda en 1920. Escribió e ilustró muchos libros para niños y jóvenes. Murió en Alemania en 1993.

para los que están aprendiendo a leer

La peor señora del mundo
de Francisco Hinojosa
ilustraciones de Rafael Barajas 'el fisgón'

En el norte de Turambul, había una vez una señora que era *la peor señora del mundo*. A sus hijos los castigaba cuando se portaban bien y cuando se portaban mal.
    Los niños del vecindario se echaban a correr en cuanto veían que ella se acercaba. Lo mismo sucedía con los señores y las señoras y los viejitos y las viejitas y los policías y los dueños de las tiendas.
    Hasta que un día sus hijos y todos los habitantes del pueblo se cansaron de ella y decidieron hacer algo para poner fin a tantas maldades.

Francisco Hinojosa es uno de los más versátiles autores mexicanos para niños. Ha publicado en esta colección Aníbal y Melquiades, La fórmula del doctor Funes *y* Amadís de anís... Amadís de codorniz.

para los que están aprendiendo a leer

Un montón de bebés
de Rose Impey
ilustraciones de Shoo Rayner

La señora Sincola tenía tantos hijos que no sabía qué hacer.
   Tenía treinta y un bebés.
   Un día le dijo a su marido:
   —Cuidar bebés es un trabajo muy pesado
   —No tanto como enseñar, querida.
   —Tal vez deberíamos cambiar por un día. Y así veremos cuál trabajo es más pesado.
   —Muy bien —respondió su marido.
   Y eso hicieron…

   Rose Impey trabajó como maestra y también cuidando bebés. Le gusta leer sus cuentos en escuelas y bibliotecas. Vive en Leicester, Inglaterra.

para los que están aprendiendo a leer

Bety resuelve un misterio
de Michaela Morgan
ilustraciones de Ricardo Radosh

A Bety le gusta ser útil. Un día, limpiando la selva, se encuentra una lupa.

"Ajá", piensa. "Voy a convertirme en una detective estrella. Sólo me falta un misterio."

Y se pone en marcha…

Michaela Morgan es una autora inglesa, a quien, además de escribir, le gusta mucho trabajar con niños.